金梅情韵

庞金妹 著

上海文艺出版社
Shanghai Literature & Art Publishing House

图书在版编目（ＣＩＰ）数据

金梅情韵 / 庞金妹著. -- 上海：上海文艺出版社，
2024. -- (2023鼓浪诗萃 / 禾青子主编). -- ISBN
978-7-5321-9093-5

Ⅰ. I227

中国国家版本馆CIP数据核字第2024UJ3934号

发 行 人：毕　胜
策 划 人：杨　婷
责任编辑：李　平　程方洁
封面设计：悟阅文化
图文制作：悟阅文化

书　　　名：金梅情韵
作　　　者：庞金妹
出　　　版：上海世纪出版集团　上海文艺出版社
地　　　址：上海市闵行区号景路159弄A座2楼
发　　　行：上海文艺出版社发行中心发行
　　　　　　上海市闵行区号景路159弄A座2楼206室　　201101　　www.ewen.co
印　　　刷：成都市兴雅致印务有限责任公司
开　　　本：880×1230　1/32
印　　　张：72
字　　　数：1380千
印　　　次：2025年7月第1版　2025年7月第1次印刷
ＩＳＢＮ：978-7-5321-9093-5/I.7153
定　　　价：398.00元（全10册）

告读者：如发现本书有质量问题请与印刷厂质量科联系　T：028-83181689

高中毕业留念
75.7.

作者

作者

1

我的一切的一切
正为我振翅飞来

作者

作者

作者（二排右四）

作者（后排中）

麓金抹画

庆室收

5

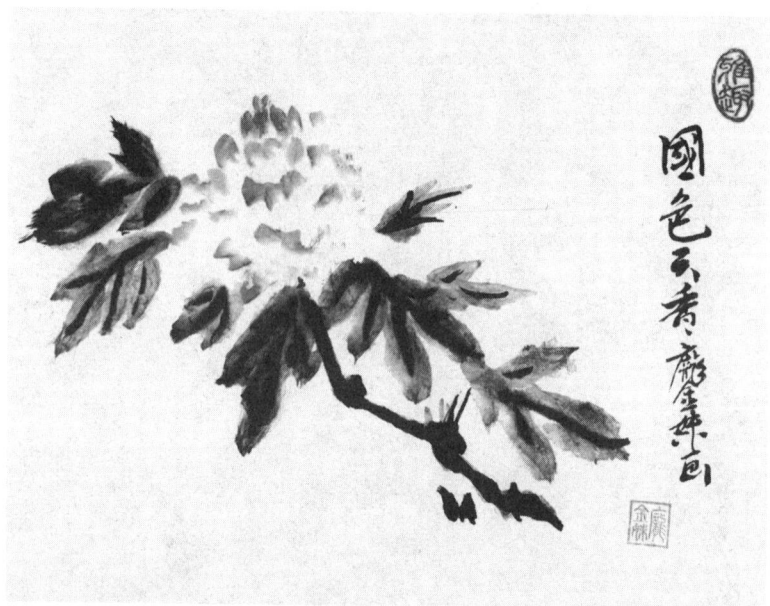

国色天香 庞金梁画

夏荷

己庚龐金娇画

寒梅傲

廣金壽畫

傲骨

父亲领

廖鲁风画

一九九五年

国色天香

14

秋趣

虚谷金鱼画

清不句贵凌霄花

金特画

荣晖书

山夕在壬辰麓金娣写

荷花笑

庞金殊画

黑了鹅壬辰年

庞金娣申书

紫玉含金 岁在癸巳年

龚金娇 画

21

雙
壽
圖

癸巳年
龐金妹寫於番禺

四時
清風
癸巳年花金
蝶書

23

秋思

龐金妹書二

赏析《金梅情韵》之美，探讨诗词守正创新途径

陈章智

中华诗词传承如何做到守正与创新，笔者借研读《金梅情韵》之机，谈谈个人粗浅的看法与体会。《金梅情韵》是湛江诗社副社长庞金妹老师所著。庞老师出身于书香门第，曾在南三湖海学校、南三第二中学和广东海洋大学任职，有多首（篇）诗文刊登在各级报刊，并多次获奖。编有《庞良才唱酬诗集》《庞良才诗选集》等。

品读《金梅情韵》，笔者被诗集里满满的情所打动。《金梅情韵》围绕一个"情"字铺陈诗集结构，所涵盖的题材有"梓里深情、山水寄

情、田园风情、四季抒情、盛世豪情、逸兴闲情、咏物言情、缅怀衷情、四海吟情、绮梦柔情"十个部分，各部分标题均以情而立，结构新颖，颇有特色；作者所描写的山川大海、花草树木以及名胜古迹、人生百态、故土风情，可谓面面俱到，"十情十美"，值得大家研读。笔者试从三个方面进行赏析。

一、立意选题与讴歌新时代和合之美

"诗人和诗词要承担记录新时代、书写新时代、讴歌新时代的使命，勇于回答时代课题，从当代中国的伟大创造中发现创作的主题、捕捉创新的灵感，为时代画像、为时代立传、为时代明德。"笔者认为，《金梅情韵》无论是选题立意抑或语言表现手法都贴近现代生活，反映时代之声，如"四海吟情"的《临江仙·国联董事长李忠追梦》所曰："静听春雷兼细雨，微风轻伴心声。小楼转角闪灯明。出头凭智勇，好汉夹缝生。三十余年追一梦，五更垂下帘旌。零关税事看新晴。历经多少事？商海任纵横。"由此可见，作者选题和对人物形象的刻画把握得十分准确，描绘得尤为深刻，通过"小楼转角闪灯明""好汉夹缝生"和"三十余年追一梦，五更垂下帘旌""商海任纵横"等词句，把湛江国联水产董事长执著的追求和坚韧不拔的品性以及踔厉前行的创业精神展现于读者面前。又如"梓里深情"这部分，海岛渔民生活题材的《渔翁》，也是一幅描写海岛渔民新生活的画卷，全诗曰："半夜初鸡月正华，渔翁收网速回家。路人借问鱼多少，一笑逐开千浪花。"寥寥二十八字，把海岛渔民顺应潮汐，披星戴月劳作，收网回家路上满怀丰收喜悦之情描写得淋漓尽致，让读者身临其境，回味无穷。

二、情意景写实与写虚和合之美

这是写作技巧的基本课题。所谓诗词创作

手法的虚与实，比较通俗的说法是诗人的眼前"景"，心中"事"。"实"指的是客观世界中存在的实像、实事、实境，它可以通过视觉、听觉、触觉等得到真实而具体的感受；而所谓"虚"则是景物存在于人的思想意识之中引发人的思考与联想。采用虚实结合的写作手法，可使作品的结构更加紧凑，形象更加鲜明，并使作品容量增大。大家比较熟悉唐代王之涣的《登鹳雀楼》，前两句"白日依山尽，黄河入海流"，是景色实写，描述登楼所见的壮阔景色，气象雄浑；后两句"欲穷千里目，更上一层楼"，是景象虚描，将诗篇导入新境界，富含人生哲理，是千古传诵的名句。《金梅情韵》写作手法也别具一格。如开卷篇"梓里深情"的《鹭洲开画卷》，全诗曰："东方红日上，白鹭写青天。耸拔琼楼阵，苍茫碧海烟。春风苏绿地，涛韵响银弦。胜似蓬莱景，人人不羡仙。"作者所选题材是南三（鹭洲）岛优美的生态环境，通过"红""白""青""碧""绿""银"颜色的实描，融入诗人对故乡的爱恋之情，展现湛江新时代海湾之美。又如"咏物言情"《咏爆竹花》的诗曰："串串花开向艳阳，红红火火遍城乡。名为爆竹无声响，一任旁人论短长。"作者通过前实后虚的表现手法，先写燃放爆竹"串串花开""红红火火"的景象，然后以景衬情，巧妙地融入诗人对城乡普遍燃放爆竹的喜与忧，生动形象地写出爆竹的特点，既寄托深意，又不露痕迹，全诗起承转合自然流畅，虚实和合天衣无缝。"缅怀衷情"篇中的绝句《祭母》也别具情意，全诗曰："家贫几度断炊烟，背女携儿下瘦田。负米养亲亲不在，三牲和泪祭坟前。"诗人通过虚实相间的描写，昔日家贫"断炊烟""背女携儿下瘦田"的凄切场面以及"三牲和泪祭坟前"之痛若隐若现，令读者感慨万千，黯然垂泪。

三、守正与创新和合之美

笔者认为，《金梅情韵》，既有韵律守正之衷情，又可以看出其在题材、语言、立意等方面创新之端倪，很值得我们去认真鉴赏。首先，作者坚持诗词创作韵律守正，同时注重声韵抑扬顿挫之美。如"四季抒情"中的《鹧鸪天·秋韵》所曰："飒飒金风又遇秋，寒星闪烁白云浮。夜阑深院人初静，菊放东篱品自幽。情似水，月如钩。相思缕缕绕心头。风摇椰韵催诗韵，一阕清词可解愁。"又如"山水寄情"中的《生查子·春游森林公园》也别出新意："春色满山头，处处新枝早，晨曦鸟争鸣，入耳声声妙。漫步过平林，人面桃花俏，转到小凉亭，悠闲任欢笑。"两词押韵准确，对仗工整自然，注重声韵高低措辞，读之朗朗上口，有声有色，有动有静，有起有伏，令人陶醉。再如"绮梦柔情"中的《江南春·情在烟雨中》

曰："芳草远，柳枝浓。桃花红映水，枝叶绿梳风。"其对仗和押韵也很有特色。其次，善于运用通俗易懂的语句作诗填词，展现出古典诗词守正与创新之美好前景。通读《金梅情韵》，给读者第一印象就是语言自然流畅，通俗易懂，没有生僻字，也没雕饰之痕。尤其所写绝句，可谓信手拈来，情景相融，如开卷篇"梓里深情"的绝句《南三联岛》，诗曰："风沙巧治绿无边，十岛相衔水接天。驾雾虹桥天堑过，家乡儿女谱雄篇。"作者所描绘的就是家乡南三岛"十岛相衔水接天"气势恢宏的壮丽画卷，自然流畅、通俗易懂，让喜欢诗词的人都能看明白。说到用现代汉语作诗填词，自会有人持否定的态度，认为古典诗词创作必须用文言文才有味道，这种观点值得大家讨论。笔者比较喜欢宋朝大诗人苏轼的诗词，除因为苏词豪放之外，还在于其语言表达自然流畅，如《临江仙·夜归临皋》的上阕词："夜饮东坡醒复醉，归来仿佛三更。家童鼻息已雷鸣，敲门都不应，倚杖听江声。"读后倍感亲切自然，通俗易懂，读其诗如见其人，时隔近千年，其所表达的诗词语言与现代汉语都无鸿沟相隔之感。

如何做到守正创新，中华诗词学会周文彰会长提出了较好的指导意见："从创作态度上说，我们要树立守正创新的诗词价值观。诗词与其他文学体裁的最大不同，在于它有一套严格的韵律要求，这是古人在长期的诗词创作中形成并沿袭下来的。我们写的如果不合，那就不是中华诗词了。因此，我们必须守'正'。然而，'创新是文艺的生命'，这就要求我们把创新精神贯穿诗词创作全过程，在题材、语言、手法、意境等方面努力创新。"反思中华诗词文化传承与发展的历程，我们传承工作之所以举步维艰，应该重点在诗词创作选题立意和语言创新上寻找原因和对策。

（作者：陈章智，网名太极梦，现任广东岭

南诗社副社长、湛江诗社社长；曾任湛江市政府副秘书长，市政府驻广州办事处党组书记、主任，湛江市政府经济技术协作办公室党组书记、主任。）

目录

山水寄情

田园风情

四季抒情

盛世豪情

逸兴闲情

11

咏物言情

缅怀衷情

四海吟情

绮梦柔情

梓里深情

家乡吟

四季熙阳沐万家，风调雨顺好年华。

村前碧绿行行树，户外鲜红朵朵花。

撒网捕鱼穿细浪，归舟唱晚送残霞。

小楼灯下敲诗句，雅韵轻吟慢煮茶。

鹭洲开画卷

东方红日上，白鹭写青天。

耸拔琼楼阵，苍茫碧海烟。

春风苏绿地，涛韵响银弦。

胜似蓬莱景，人人不羡仙。

乡　情

飒飒金风逸趣深，重阳诗会听瑶琴。

繁荣桑梓真情献，聊表拳拳寸草心。

听 涛

海风习习浪淘沙，喷薄朝阳映彩霞。
入耳声声传信息，催人大振我中华。

南三联岛

风沙巧治绿无边，十岛相衔水接天。
驾雾虹桥天堑过，家乡儿女谱雄篇。

南三儿女意志坚

鹭岛英才意志坚，满腔热血洒南天。
风沙恶水何须惧，妙绘宏图逐梦圆。

南三精英颂二首

（一）

众志成城磐石坚，精英有志劲冲天。

东风给力千帆竞，追梦之人梦可圆。

（二）

送爽金风又一秋，精英奋步上层楼。

为荣桑梓施良策，款款乡情献鹭洲。

湖村金湾赋

秋风一路伴歌扬，漫步金湾放眼量。

遥看霞光红一片，撩人景色惹情长。

诗意南三

鹭岛诗潮伴稻香，渔歌晚唱韵悠扬。

虹桥架起千年梦，富道宏开锦绣章。

渔　翁

半夜初鸡月正华，渔翁收网速回家。
路人借问鱼多少，一笑逐开千浪花。

农　夫

犁锄扁担养头家，喜看禾苗染彩霞。
遥寄殷殷金色梦，一杯米酒品瓜花。

故　居

原为草盖历沧桑，今变红砖粉瓦房。
最是门前蔬果绿，随风荡起满园香。

荒　地

当年一片村边地，杂草丛生荡野风。
今见琼楼纷矗立，心灵忆处已无踪。

建家园抹灾痕

"彩虹"掠过几惊魂，满目疮痍天地昏。
四面八方伸援手，家园重建抹灾痕。

南三黄上村

红花绿叶衬楼台，处处新装巧手裁。
赤子钟情桑梓地，春风做伴客纷来。

围岭村

芙蕖出水立蜻蜓，亭里吟诗有小青。
九曲溪桥谁与候，斜阳双影入荧屏。

赞禾地坡村二首

（一）

纵目新村映日红，地灵人杰沐东风。

生机勃勃今非昔，逐梦奔康众志雄。

（二）

绿满山坡百卉红，地灵人杰景无穷。

民风俭朴情诚款，鱼米之乡乐岁丰。

油吉塘

巧布蓝图细剪裁，金鸡跳上凤凰台。

春风吹绿其荒地，点土成金好运来。

贺南三诗社网群建立

鹭岛骚坛韵事多，诗翁踊跃竞吟哦。

群英网上氤氲梦，流水高山情可歌。

凤辇时光诗廊

朝霞万道意情长，琅琅书声几激扬。
国粹传承能致远，时光廊里做文章。

题南三书协

帖学羲之几度秋，群英踊跃上层楼。
南三儿女多才智，各具风姿竞一流。

鹭洲大桥颂

碧水悠悠习习风，远观海上卧长龙。
情牵两岸黄金地，经济腾飞不世功。

清平乐·南三岛

南三不老，巧治沙尘暴。广种良田收菽稻，处处渔歌新调。　　宝岛沐浴朝晖，层林更显芳菲。回首波澜岁月，欣看今日扬眉。

潇湘神·静夜思

斑竹衣，斑竹衣，泪痕点点是相思。静夜细听瑶瑟诉，乡愁期解月明时。

浣溪沙·渔村

碧海扬波日已斜，炊烟袅袅接云霞，踏歌一路访渔家。　　夜聚渔翁谈未了，雄鸡初唱又浮槎，村村岁岁焕春华。

天净沙·渔人

孤帆远影飞鸥，暗礁飞浪横流。雨笠烟蓑旧筍，一竿在手，钓鱼人立潮头。

渔父·耕海

一望青天白鹭飞，筑堤耕海育鱼肥。霜染鬓，汗沾衣，披星戴月载歌归。

捣练子·乡魂

深院静，暮云浓。漫卷珠帘望夜空。夕夕朝朝思不断，乡情款款梦魂中。

山水寄情

港珠澳大桥赋

白浪滔滔展望瞳，伶仃洋上卧长龙。
情牵三处相思地，巧匠精神百代功。

游武夷山

九曲溪流泛碧波，千舟竞渡迎风过。
奇峰占尽人间美，巧夺天工万众歌。

长　城

长城万里似蛟龙，盘踞群山气势雄。
谁令其名扬四海，始皇霸业树奇功。

九寨沟

三沟九寨险中游，水异山奇惹客眸。
古朴民风情款款，桃源未必比斯优。

观张家界十里画廊

皑皑白雪映云间，又是长廊十里环。
景色新奇人更美，归来夜夜梦湘山。

北京香山

金秋枫叶似霞红，引我诗情上碧空。
昔日皇城勤政殿，几经风雨立苍松。

竹枝词·广州祈福天鹅湖

倒映楼月人影多，微摇曲颈向天歌。
白毛红掌拨绿水，嬉戏欢声荡碧波。

番禺莲花山

莲花山上悄然长，点水蜻蜓觅菡忙。
画彩一廊添雅趣，荷风拂面播清香。

番禺祈福新邨

一路欢歌一路花，清风伴我赏丹霞。
果瓜蒂落黄金地，点点甘霖润万家。

番禺宝墨园

美景琳琅喜入眸，清河最是占鳌头。
园中金玉涵今古，宝墨文光射斗牛。

番禺大夫山游

沐浴晨曦柳絮依，骑车结伴绕山驰。
当年陆贾佐天下，饮马泉名叹一奇。

观雷州碑廊

碑廊墨宝沐春风，满目琳琅似梦中。
举国名家齐献艺，飘香翰墨豁心胸。

雷祖祠

炎炎夏日到雷州，瑞气文光射斗牛。

经历沧桑尤足贵，诗词歌赋载千秋。

雷州西湖

踏歌一路步从容，碧水粼粼诗意浓。

最是七贤祠历历，清风常在梦魂中。

游庐山三叠泉二首

（一）

石阶千级力征程，三叠青山万里晴。

最是通幽泉出彩，半可澄心半养情。

（二）

攀缘石级步难停，碧落凝眸万里晴。

一道幽泉虹出彩，水花朵朵几柔情。

游官渡笔架岭

波光潋滟雨丝柔，携手登高又值秋。
平步青云留一梦，伊人永记在心头。

螺岗岭

盘旋螺岗秀雅妆，青枝藤蔓草芬芳。
葡萄架下谁心醉？原是骚人韵味长。

游廉江仙人洞

洞前松柏耸青天，袅袅禅音伴紫烟。
一掬清泉添妙韵，痴情几许梦魂牵。

观遂溪孔子文化城

纵览斯城不见边，千年文脉梦魂牵。
心香一瓣多情意，师道传承曲阜连。

湖光岩望海楼

登峰拾级上层楼，影入波心岁月悠。
承相亦曾挥妙笔，湖光镜月映清流。

游南山

旭日东升习习风，轻车游荡此山中。
菩提树下心香播，养性陶然润涸胸。

游博鳌

夏日犹春草木葱，连天碧海望无穷。
鳌头独占三江水，无限声威震昊空。

遥望五指山

举目遥观五指峰，无边美景印心中。
凉风习习烟波荡，情系青山墨意浓。

万泉河

万泉河水碧波扬，斗笠临风意韵长。
团结军民心一致，当年克敌战沙场。

极浦亭

微风伴我访诗乡，极浦长廊尽锦章。
信步曲桥舒望眼，横斜疏影暗流香。

咏丹霞山

青山如黛衬花娇，雨洗尘埃更觉娆。
鬼斧神工天作美，阴阳相济傲云霄。

观樱缘谷

粉色鲜花缀满园，樱缘谷里鸟声喧。
伊人不解春风意，染绿青山亦默言。

广州增江

霞光染水向东流，浅底鱼翔竞自由。
雁塔诸年情未了，秋波荡漾惹乡愁。

逛海博

旌旗飒飒映霞光，碧海扬波万里长。
满目琳琅看不尽，中华崛起梦飞翔。

港湾秋游

一路飞歌唱晚秋，金沙湾畔舞群鸥。
虹桥横跨海东岸，湛港风光醉客眸。

重九郊游
——步杜甫《九日蓝田崔氏庄》韵

觅趣何须野径宽，踏歌一路自心欢。
清风习习飘衣袂，丽日熙熙照伞冠。
已乐祝融先退暑，更怡秋帝未施寒。
层林尽染丹枫色，美景撩人放眼看。

重阳登高

秋风一路伴歌扬，携手登高放眼量。
喜见层林红一片，撩人景色意情长。

念奴娇·登井冈山

登临眺望，见晴空万里，东升红日。十里杜鹃争吐艳，遍野歌声无息。笔架山头，旌旗卷动，瀑布飞流急。小溪如缎，五山峰绿如墨。　　转界上看黄洋，一门高炮引去三千客。云漫风飘烟雨下，思绪霎时波激。归去魂牵，缅怀先烈，泪洒青衫湿。燎原星火，焕春光满南北。

踏莎行·黄山游

曲径通幽，山青岭峭，飞流白练弹高调。声回击石荡奇峰，攀缘欲度愁天渺。　　旭日瞳瞳，岚烟袅袅，雄鹰展翅身姿矫。青松迎客见新容，柳丝拂面游人笑。

生查子·春游森林公园

春色满山头，处处新枝早，晨曦鸟争鸣，入耳声声妙。　　漫步过平林，人面桃花俏，转到小凉亭，悠闲任欢笑。

忆秦娥·杭州西湖

苏堤曲，东风渐展春波绿。春波绿，游人信步，享霞光浴。　　残阳一道湖中落，情人桥上情难却。情难却。如胶似漆，续升蟾魄。

鹧鸪天·漓江情

日出东方紫气柔，相依遥看起沙鸥。轻撑竹筏波纹荡，浅笑梨窝意韵悠。　　山满黛，水长流。驼峰如卧似无忧。痴痴伏象江边饮，底事千年醉不休？

捣练子令·游三岭山

芳草长，衬蓝天，鸟语花香景色鲜。　　三岭敬亭怀宋相，径幽林静把情牵。

一剪梅·徐闻游

往事惊闻几折波，既遇天魔，又遇妖魔，斑斓土地奈其何？山野萧疏，万户萧疏。　　今见尧天喜事多，遍地菠萝，稻谷千箩，欢声笑语漫天歌。心系山坡，情系山坡。

画堂春·游湖光岩

相邀徒步沐初阳，欢歌一路情长。野花清瘦满湖香，绿叶梳妆。　　弯处李纲屹立，屏云似锁潇湘。姜公垂钓傲寒霜，无限思量。

满庭芳·观麻章红树林感赋

　　拂晓云开，东萦紫气，丝丝雨歇初晴。相邀诗友，三五即成行。浅海划船逐浪。亭角处，桥跨波平。盘根立，繁枝倒影，鹭舞趁风轻。　　踏歌寻雅韵，婆娑翠盖，胎孕如缨。近有金蚝树，远眺澄瀛。忆昔滩涂荒弃，丛林萎，回首堪惊。凭栏望，绿林万顷，缱绻几牵情。

鹧鸪天·廉江钟氏山庄

　　曲径通庄景物幽，清晨小鸟唱枝头。红桃万簇人陶醉，柳线千丝谁剪修。　　情款款，意悠悠。痴心不改竞风流。山丘壑谷开新貌，宾主欢怡共唱酬。

田园风情

扑　蝶

扑蝶入怀中，轻烟笼暖风。

衣裳相拂动，笑逐百花丛。

归　燕

迎风起舞闹春分，辗转双翎剪彩云。

底树旧巢无觅处，呢喃语语颂元勋。

河西水仙子·无题（曲）

好花枝上绽悠悠，攀折花枝不害羞。

赏花何不趁花秀，待至枝枯叶也愁。

莺鸣柳二首

（一）

春暖黄莺柳上鸣，花枝摇曳晓风轻。

窗前难解千千结，遥寄相思无限情。

（二）

春暖花开万里晴，黄莺醉唱一声声。

轻风拂柳掀罗帐，别样缠绵别样情。

荷　香

夏荷摇曳沐东风，出浴芙蓉朵朵红。

且看蜻蜓频点水，香波荡涤润心中。

踏　青

春日野烟浓，郊游露湿踪。

偶看蜂蝶舞，追逐入花丛。

春姑情

春风拂动柳丝新，着意娇娆自有情。
忽听黄莺枝上叫，声声句句唱河清。

廉江盆景园

东方旭日正融融，万绿丛中一点红。
叠嶂层云千树秀，诗情画意豁心胸。

游　览

四海五湖游，风光处处优。
纵观文与物，情愫自悠悠。

农家乐

头戴青天喜种田，心无奢念自安然。
三餐淡饭清茶趣，只羡农家不羡仙。

垂　钓

红日东升水自流，钓竿抛处静凝眸。
小民以食为天事，不假清高用直钩。

乾塘赏荷

十里荷塘筑翠台，芙蓉朵朵用心栽。
虽然身在淤泥处，香伴清风扑面来。

蛙　声

风静云闲雨后新，楼边起伏乐章频。
蛙声一片谁能解？似唤农夫似唤春。

花叶关情

花花叶叶总关情，一脉相承欣向荣。
但愿几经风雨后，依然绽放吐心声。

生态美

琼楼栋栋接南坡，翠竹筛风绿影多。

漫步平林舒望眼，银鸥三五戏烟波。

江南春·红土情

山渺渺，日彤彤。霞光柔似锦，金稻浪千重。村姑欢笑添情韵，人面桃花相映红。

采桑子·遂溪玥珑湖采风

霞光碧水横波软，日丽风轻。日丽风轻，太极刚柔步有声。　　传承国粹千秋业，思绪难平。思绪难平，几许痴心几许情。

四季抒情

咏 春

鸟语花香绿映红，山河处处沐东风。
春姑剪出蛾眉柳，衬托初阳见丽容。

元 春

雄鸡一唱闹新年，芳草初青笼翠烟。
柳醒长堤莺婉转，如歌早岁大开篇。

春 晖

惠风和畅燕归来，巧剪烟波柳帐开。
莺唱朝晖春万里，荷塘绿盏醉楼台。

春 燕

迎风起舞闹芳春，剪柳穿帘妙入神。
体态轻盈声细细，自由天地自由身。

春　意

布谷声声醒晓霞，春风吹动一池花。
农夫踏碎乡间露，点染千山绿万家。

春　色

龙腾虎跃布祥云，溢彩流光万象新。
山舞银蛇真瑞雪，人间正是十分春。

春　韵

今岁春光景色鲜，新来紫燕剪轻烟。
情丝恰似千丝柳，一缕相思万里牵。

迎　春

雄鸡一唱醒芳晨，万木枝头点点新。
鸭戏江边知水暖，翻飞紫燕喜迎春。

春　华

和风袅袅雨丝斜，布谷声催种豆瓜。
百卉争开红烂漫，千枝竞秀献春华。

寻　春

布谷声声啼早春，轻歌踏遍岭头云。
行行偶见含苞处，翠翠枝头意几分。

早春行吟

蝶舞莺歌百卉香，春风裁出绿衣裳。
清闲爱赏堤边柳，如线飘飘拂暖阳。

元宵寄怀

烟花绽放灿星空，心雨如丝梦幻中。
试问乡愁何以寄，相思一寸借东风。

新春试笔

翻飞彩蝶恋花痴，吾醉书香年味时。
散尽阴霾无限意，春风吹绿美成诗。

新春曲

日出东方现彩霞，婆娑绿树衬娇花。
深情吟唱新春曲，一瓣心香沁齿牙。

春　情

初晴春雨柳丝轻，着意娇娆自有情。
一对黄莺枝上叫，为谁歌唱寄心声。

惜　春

东风万里又甘霖，大地幡然草色深。
莫让年华随逝水，光阴应惜若黄金。

春 雨

连绵小雨洗轻尘，溢彩流光大地新。
花讯一枝心亦暖，香飘处处万家春。

春 耕

紫燕剪云轻剪雨，春回大地百花香。
知时布谷催耕急，早起农夫插种忙。

湛江春意

一湾五岛竞春晖，绿掩琼楼紫燕飞。
赶汛渔舟归泊处，惠风暖暖锦鳞肥。

戊戌年元旦

春情似昨天，日历是新年。
心雨三千滴，还将岁月牵。

感　春

春回大地正逢时，树绿花红百鸟嬉。

国粹弘扬人有责，扬鞭策马奋蹄驰。

迎　春

东方日出霞如醉，万木枝头点点新。

鸭戏江边知水暖，山花烂漫喜迎春。

伤　春

鹃啼花落叹春殇，雨打芭蕉夜觉凉。

但愿风生枝叶茂，蛙声一片水天长。

初　春

风飘雨洒润青苔，荡涤轻尘绿浪开。

不写春寒花月事，多情踏韵觅诗来。

欢度壬寅新年

送暖春风入万家，灯笼高挂艳如霞。
佳肴款客添情韵，进酒三杯脸放花。

畔江情

江风吹拂柳丝扬，绿叶婆娑倩影长。
燕子亭前倾耳听，谁家母子话家常？

秋　行

飘飘枫叶应天时，遍地黄金遍地诗。
最是钟情红豆句，心中铭刻寸相思。

秋　实

秋风送爽碧波扬，遍地黄花分外香。
举目江山如画美，殷殷果实见民康。

瘦了秋

雁叫声声瘦了秋，风霜半染少年头。
红尘不解伊人意，几许相思几许愁。

秋　思

（一）

银光泻影弄窗前，心绪穿云把梦牵。
脉脉情怀风送去，他乡千里共婵娟。

（二）

瑟瑟秋风起，明明月影飞。
婵娟千里共，最易惹相思。

秋　夜

一叶已知秋，寒宵月影浮。
夜阑思故里，把酒解乡愁。

落叶吟

霜染江枫著色深，远观雁又过平林。

无端一夜思君意，片片飘零化作金。

冬　咏

腊月寒冬草未荣，打窗风雪映空明。

离乡别井天涯处，归雁声声惹我情。

冬　恋

秋风吹尽旧庭柯，黄叶斑斓散满坡。

鸿雁南飞何以寄？梅红一剪尽欢歌。

南粤早春

大地回春解冻河，鱼翻玉尺戏清波。

惺忪柳眼窥芳甸，灿烂桃腮笑锦柯。

出没江湖鸥侣少，往来营垒燕俦多。

复苏万类生机勃，处处河山气象和。

夏令野趣

旷野无边缀满花，山悬白练响琵琶。

一溪碧水生幽趣，数幅丹青衬远霞。

枝上荆花红似火，林梢岚色淡如纱。

婆娑绿韵催诗韵，小阁吟声是哪家？

菩萨蛮·春游

东风又绿河边草，江南处处春来早。紫燕剪烟波，牛羊散满坡。　　寸心关不住，即即寻芳去，争摄美沙洲，误惊三两鸥。

梦江南·秋思

秋月夜，独自上层楼，此际婵娟千里共，愿人长久莫言愁，相爱意悠悠。

鹧鸪天·滨城春

春入滨城景更娇，几经风雨见虹桥。红花灼灼清香溢，绿叶婆娑倩影摇。　　情切切，夜迢迢。乡愁把酒醉今朝。渔舟趁海扬帆早，起唱三更赶汛潮。

行香子·春情

垂柳婆娑，聆听清河。燕低语，剪雨频过。鱼翔浅底，泛起微波。见花儿放，蝶儿舞，鸟儿歌。　　悠悠碧水，东逝如何？叹流年，妖霾穿梭。伊人一梦，驱毒除魔。但远山长，青山黛，彩山多。

画堂春 · 春景

初升旭日耀东方，丝绦碧柳梳妆。莺歌燕舞百花香，一派仙乡。　瘴雾随风逝去，山河万里春光。民安国泰庆千祥，喜气洋洋。

河西水仙子 · 春游

山花春日满山头，携侣寻春尽兴游。果然大地春光秀，开心也解愁。

鹧鸪天 · 夏日抒情

夏日炎炎草色葱，鸣蝉几度醉林丛。半溪碧绿随波荡，一岭丹霞抒趣浓。　花映水，竹筛风。如梭岁月水流东。悠悠思绪知多少？款款深情在梦中。

采桑子·咏秋

葱茏草木经霜败，别绪无由。欲说还休，菊放东篱品自幽。　　寒星闪烁寒云白，诗韵长留。何必悲秋，琢句吟诗可解愁。

采桑子·秋吟

金风飒飒波光漾，心绪飞扬。心绪飞扬，霜染层林著彩妆。　　诗情永伴情难老，无限思量。无限思量，霞蔚云蒸半夕阳。

鹧鸪天·秋韵

飒飒金风又遇秋，寒星闪烁白云浮。夜阑深院人初静，菊放东篱品自幽。　　情似水，月如钩。相思缕缕绕心头。风摇椰韵催诗韵，一阕清词可解愁。

捣练子 · 冬问

风冷冷，又初冬，月色朦胧对夜空。楼外笛声传远近，奈何思绪总无穷。

鹧鸪天 · 谷雨行吟

细雨绵绵草色青，山间拾韵笑扬声。春风惠畅千花放，紫气氤氲万物荣。 蝴蝶舞，蜜蜂鸣。小溪弯曲水流清。天涯极目关山远，布谷频催几许情。

盛世豪情

红旗颂

高歌一曲国旗红，闪烁星辉灿碧空。
革命征程来引路，奔康圆梦九州隆。

长　征

泥潭草地历多艰，涉水攀山只等闲。
壮士沙场挥热血，神州处处景斑斓。

建党一百周年赋二首

（一）

锤镰帜举耀蓝天，风雨兼程一百年。
策马扬鞭声势浩，东方崛起梦终圆。

（二）

举帜南湖动九垓，崎岖路上展雄才。
创新革故平天下，永守初心向未来。

庆十九大

漫卷红旗映碧天，京城处处百花妍。

方针指引丝绸路，强国精神代代传。

相约北京

有缘相会在京城，紫气盈盈信有情。

霾雾散开心似洗，繁荣进步发新声。

己亥赞两会

春绿京城两会开，群英合力展雄才。

国强民富施良策，快马加鞭向未来。

赞戍边英雄

守护边关歼敌寇，英雄热血洒昆仑。

铜墙铸就山河固，铁骨铮铮壮国魂。

中国梦

马蹄声碎旭日红，万马奔腾气势雄。

无限前程飞跃马，中华崛起马成龙。

改　革

施行两制壮中华，港澳回归乐万家。

改革图强兴百业，城乡处处放奇葩。

亚太梦

风云际会壮神州，红日蓝天佳客留。

相约共圆亚太梦，汪洋同展太平眸。

圆　梦

三阳开泰喜洋洋，两岸同胞早协商。

一统好圆中国梦，只缘血脉属炎黄。

中国情

东风劲扫雾霾清，有脚阳春无限情。
华夏如今频逐梦，欣欣万物竞繁荣。

纪念抗战胜利 70 周年阅兵典礼

礼炮隆隆响彻天，京城盛况史无前。
三军阵势声威壮，卫我中华磐石坚。

广东精神

为民诚信自清廉，立德修身意志坚。
笃敏于行行必果，奋蹄富道继扬鞭。

中国女排

千锤百炼女英才，妙杀传球铁掌开。
竞技场中超劲敌，重登奥运冠军台。

赞嫦娥五号回家

采样返回家，
举国欢呼竖拇夸，
世仰大中华！

喜迎二十大召开

处处旌旗映碧天，京城结彩百花妍。
共商国是开新局，革命精神代代传。

庆祝建军节

保家卫国志存忠，面对枪林气贯虹。
八一红旗风漫卷，军魂铸就耀长空。

赞"一带一路"国际峰会

水笑山欢贵客来，真诚合作筑高台。
千年丝路开新页，滚滚春雷震九垓。

相见欢·中国梦

中华喜沐东风，郁葱葱。万众讴歌新韵意无穷。　　追美梦，心由衷，竞兴隆。燕舞莺歌长庆九州同。

诉衷情令·颂党

狂澜力挽屹中流，赤帜卷神州。如今遍地新貌，世界共凝眸。　　兴百业，立潮头，庆丰收。振兴华夏，势统金瓯，光耀千秋。

鹧鸪天·欢度国庆

岁月沧桑七秩秋，城乡焕彩展鸿猷。新程又启雄心壮，美梦频追夙愿酬。　　扬浩气，竞风流。尖端科技占鳌头。丝绸带路添新韵，锦绣华章壮九州。

逸兴闲情

一粒诗芽心上萌（轱辘体）

（一）

一粒诗芽心上萌，寒来暑往乐躬耕。

青山踏遍初心在，水调歌头引凤鸣。

（二）

沙溪摊破有歌声，一粒诗芽心上萌。

宋雨唐风声有韵，朝吟晚唱不求名。

（三）

瀚海苍茫任我行，寻珠采玉几多情。

三更敲韵寒窗里，一粒诗芽心上萌。

溪畔忆童年

踏碎天星有一箩，牵牛割草上山坡。

清晨戏水翻波浪，结伴狂欢逗白鹅。

无题五首

（一）

与君同品苦和甜，奋斗得来幸福添。

漫步人生醒与醉？敲诗夜月一钩悬。

（二）

世间万物顺乎天，曲直是非随自然。

沉默是金君记否？何须事事记心田。

（三）

几花欲放几花新，零落成泥碾作尘。

似水光阴春不老，屠苏共醉乐人人。

（四）

一湾溪水向东流，听雨涓涓点点愁。

往事如烟成故事，情丝几缕话春秋。

（五）

吐蕊桃花展倩容，风和柳绿正春浓。

鸳鸯戏水聊心事，一缕相思意几重？

小　寒

漫步平林小径寒，寒冬执手意言欢。

欢情款款今生乐，乐此相依醉万般。

领奖感怀

清风伴我踏歌来，浥露娇花笑靥开。

获奖台前资鼓励，虚荣一纸亦称怀。

教师情怀

育栋培梁执教鞭，青灯夜伴苦攻篇。

欣看桃李芬芳艳，霜雪染头心坦然。

怀念恩师（题图同题）

门前杨柳绿婆娑，轻抚垂丝感慨多。
战火纷飞难一见，常思遗训泪滂沱。

舅父耳顺人生

冉冉光阴六秩秋，树人数载雪侵头。
崎岖堪叹江湖路，遥看山河乐也悠。

同题诗嵌入"君家何处住"

君家何处住，我宿彩云边。
明月常为客，同珍一份缘。

走天涯

肩挎布袋走天涯，美景欣欣尽入怀。
鸟语关关相与共，欢声一路唱和谐。

赏风铃花

一片春光金色染，黄花朵朵衬妆容。
风铃树下多情女，缕缕相思谁与同？

醉在书香年味时

春暖花开绿满枝，深深庭院听吟诗。
酒杯频举琴声起，醉在书香年味时。

深柳堂

悠悠鉴水意绵长，书礼传家翰墨香。
如见柳堂疏影现，枝枝含笑傲风霜。

民工心曲

镇日辛劳汗浸衣，繁星点点夜归时。
梦中牵挂秋收日，颗粒归仓大可期。

励儿三首

（一）

青春似火岁留痕，珍惜光阴宜学勤。

刺股悬梁千古记，臻成事业力超群。

（二）

求知路远历艰辛，铁杵磨针立志真。

学海无涯勤是岸，扬帆破浪见精神。

（三）

三更灯火入冬寒，攻读诗书莫等闲。

不改初心知使命，一朝圆梦母欣欢。

励志三首

（一）

三更灯火五更鸡，问讯人生几许题。

漫卷诗书皆可索，求知路远志不低。

（二）

潜心学海谱春秋，莫让疏狂白了头。

崛起中华追梦想，匹夫有责志无休。

（三）

夜起三更业不凡，耕耘瀚海湿青衫。

求知修远崎岖路，何惧攀缘百丈岩。

孙子周岁

东方日出醒芳晨，滚地攀爬万物新。

学语牙牙思路远，欢飞一吻最纯真。

周岁小孙子想象初开

远观楼顶似弧弓，眼笑眉开一线逢。

遥指图形亲月亮，初开想象趣无穷。

珍　惜

似火青春金不换，光阴冉冉自春秋。
写诗索得惊人句，学海无涯勤泛舟。

诗　情

腹空笔拙羡文华，难得珠玑绚彩霞。
欲索枯肠寻雅句，更钦诗苑尽奇葩。

植树节感怀二首

（一）

和风细雨植春心，山髻新妆插绿簪。
种下行行诗意韵，十年期待咏成林。

（二）

春风细雨寄情来，苗嫩枝柔着意栽。
心有绿云千百韵，十年更喜栋梁材。

观昌公书局

最是农村花竞娇，寻珠百里几逍遥。
书香古韵民风朴，喜见诗潮逐浪潮。

有感足荣杯颁奖

樟树湾前绿影疏，昌公书局夜吟哦。
清风一夜开新卷，绽放诗花韵味多。

读 画

名花绽放欲飘香，叶叶枝枝总向阳。
细读丹青毫下语，初心不改绘新章。

读黄先生《幸福人生宝典》有感

新书发放墨犹香，黄土青松翠盖张。
福荫苍生功在世，全凭善意写成章。

情　韵

踏歌一路沐清风，遥看琼州念莫翁。
异客他乡名远播，情长博爱众人崇。

出　访

一路椰风荡碧天，迢迢千里意绵绵。
醉人海韵无穷尽，澎湃诗情壮雅篇。

相　聚

椰树婆娑飒飒风，诗朋一品喜相逢。
天涯海角来相聚，不改乡音意更浓。

访莫翁

夏日诗人访莫翁，清茶香气伴椰风。
良言入耳心头记，款款乡情感寸衷。

访　友

金风一路伴鸣鸥，相见依稀梦里游。
细说从前多趣事，会心一笑解千愁。

惜　别

菩提树下奉心香，琼海碧波气韵扬。
祝福虔虔千缕意，依依惜别谊深长。

登山赋

秋风飒飒菊花香，拾级登临意志强。
抵达高峰众山小，陶然自我梦飞扬。

紫　气

初阳冉冉雾掀开，爆竹声声嘉客来。
朴朴民风情款款，盈盈紫气绕楼台。

归　燕

和风送暖过平林，一路呢喃几度寻。
翻越关山情不变，檐巢静处觅知音。

钟　情

朝阳冉冉映碧波，戴笠临风踏露歌。
一笑弯腰因景美，钟情最是绿婆娑。

观电影《烽火佳人》有感

生逢烽火遍连天，富贵荣华尽化烟。
试问佳人情几许？相思雨泪洗华年。

心　雨

小溪如带绕人家，一阵清风起浪花。
古巷深深携手处，无声心雨润春华。

学书法

学书笃志历心程，点撇横斜纸上生。
苦练春秋临笔法，弘扬国粹好传承。

教师抒怀

一支粉笔写春秋，不悔人生白了头。
默默耕耘培后秀，喜看桃李竞风流。

岁末感怀

蹉跎岁月逝如梭，偷得闲情作赋歌。
往事千言难诉说，题诗一首泪婆娑。

醉云天

山穷尽处看云天，百态千姿万里妍。
聚散飘浮呈泰象，心随景至乐如仙。

答谢友情

夜色深沉吟韵轻，无才自愧浪虚名。
感恩提起千斤笔，搜索俚词谢友情。

勤　耕

默默耕耘月作灯，老牛踏碎一天星。
欣看稻穗翻金浪，汗湿衣衫味亦馨。

吟旌接力

吟旌接力志弥坚，蔚起儒风盛世年。
诗笔多情留意韵，墨香文采耀南天。

寒冬见工人高空洗楼有感

遇冷洗楼霜湿肩，攀缘索度永朝前。
云梯踏破心生暖，墙洁窗明映碧天。

小雨点

有道春霖贵似油，涓涓小雨汇成流。
百川归海汪洋满，可载艨艟可覆舟。

惜　花

三月春花展笑眉，婆娑绿叶衬芳姿。
踏青品赏君须记，损坏娇容恨亦迟。

园丁梦

金湾碧水泛霞光，巧手园丁绣锦妆。
习习春风牵一梦，芬芳桃李艳黉堂。

题龙头庞氏大宗

绵长庞族誉声扬，创业兴家世代昌。
叶茂枝繁荣梓里，千秋谱牒永留芳。

花城冬日有感

江边白鹭沐清风，更是鲜花映日红。
季节轮回冬不老，诗心相伴趣无穷。

剪　报

伏案年年多乐趣，尤其读报助心耕。
遨游尘世风波里，裁出人间别样情。

喜　酒

请柬一封似彩霞，一双龙凤入新家。
亲朋把盏千杯饮，酒润心肠脸放花。

相　遇

他乡深巷步悠悠，世代知交忽入眸。
寻找多年今偶遇，未曾相拥泪先流。

观日出二首

（一）

天边幕始开，旭日又登台。

万道金光闪，高悬耀九垓。

（二）

东方曙色新，雾散涌金轮。

冉冉天边起，光辉沐万民。

集　邮

邮田朝夕喜耕耘，猴鼠相攀价入云。

怎比山河红一片，寸方天地亦销魂。

诗　情

诗翁笔下放诗花，日暮深研志可嘉。

文苑联吟皆乐趣，传承瑰宝颂中华。

学　画

丹青初事即忘年，日日耕耘小砚田。
更有诗情常活水，挥毫渐上一层天。

南国书香节有感

楼台采撷意朦胧，款款诗情荡满胸。
南国书香飘万里，中华文化日曈曈。

端　阳

炎炎烈夏又端阳，夺锦龙舟鼓点忙。
蒲酒千杯情莫遣，离骚一卷恨绵长。

觅　诗

麻麻密密乱如丝，觅觅寻寻日夜思。
一石开天灵感出，欢欢喜喜又成诗。

敲　诗

弘扬国粹传帮教，迷醉诗词把句敲。
淡饭清茶皆有味，东风着意把烦抛。

学　诗

冉冉光阴若梦过，回思往事感偏多。
书香门第应承继，苦学书诗把砚磨。

感　怀

古今知识似深潭，继晷焚膏苦讨探。
李白桃红皆毓秀，可知青者胜于蓝。

夜　深

沉沉夜色已三更，独坐书房对短灯。
窗外不知宵雨歇，一轮明月出云层。

修 心

心如大海无边际，静坐潜修令性纯。
举手之劳能积德，人人可作善心人。

父亲说牛栏

暗阴潮湿臭熏天，当席草薪难入眠。
栏里练成坚忍志，一朝日出献华年。

弘扬国粹

欣承文脉韵流长，国粹弘扬盛世昌。
喜看名师挥妙笔，今声古律谱华章。

长廊一瞥

呢喃紫燕剪轻烟，红树含情立岸边。
最喜广场歌伴舞，归帆划破海中天。

忆教坛

当年教改甚风云，互学帮扶好气氛。
回首躬耕朝与暮，于无声处见辛勤。

观　海

静坐滩头细听涛，远观大海水滔滔。
自然规律谁能挡，后浪相推逐浪高。

教师颂

讲台三尺一支鞭，默默耕耘苦乐篇。
桃李满园开灼灼，春风依旧自年年。

观吴静山画展

一如甘露沁心田，笔底风雷响彻天。
山水含情迎雅客，细思其景意流连。

挑山工

烈日寒风下，悬崖步步攀。

足登千里路，肩负万重山。

踏露行霜去，披星戴月还。

世多不平事，知足自开颜。

抒　怀

岁月艰难路且长，抚今追昔诉衷肠。

严亲耕砚教儿女，慈母抛梭换食粮。

海晏河清欣变化，年丰俸足乐安康。

中华崛起声威壮，锦绣山河放眼量。

拈"一"韵无题

夜色深沉鸟宿巢，披衣伏案耕耘笔。

门前三径竹梳风，院里海棠花倚瑟。

影月朦胧白絮浮，青梅婉约芳香溢。

诗心缱绻恋文坛，国粹弘扬唯念一。

次韵明朝陈子龙《人日立春》

旭日初升曙色新，青山绿水醉良辰。

雄鸡一唱乾坤朗，紫燕双飞颂唱频。

鼓乐声声催晓客，桃花灼灼破迷津。

开年之计趁春早，搏浪扬帆涤旧尘。

眼儿媚

宵雨敲窗惹人愁，噩梦几时休？邪侵肌理，求医服药，苦了咽喉。　　今朝霾散春光照，又见晚晴柔。芳心不老，青山依旧，绿韵悠悠。

忆江南·醉

江南忆，花朵泛奇红。五谷丰登诗意雅。嫦娥歌罢意惺忪，曾否醉蟾宫？

江城子·同学聚会馨越楼

同窗最是友情长。近重阳，赏秋光。往日黉门，朗朗笑声扬。阔别多年深有感，师传道，德馨香。　　沧桑岁月几迷茫。细端详，鬓沾霜。曼舞欢歌，今日共轻狂。更约明年来会聚，情绻缱，醉千觥。

喝火令·写给岁月

悠悠漫步时光道，夜阑几寂寥。望穿秋水迢迢，烟雨数年追忆，衣带渐宽腰。　　闪烁银河渺，花容日渐凋。几多憧憬令心焦。只为情调，只为灭尘嚣，只为一门心事，愁绪杜康消。

079

虞美人·儿子新婚祝语

良辰美景今天设，往事情尤悦。摇篮曲里唱清风，怀抱臂弯常吻梦魂中。　　天真笑靥欣犹在，志气何曾改。成家立业懿德扬，比翼双飞恩爱万年长。

青玉案·路

客愁漫步红尘路。望星宇，云归去。逐浪天涯谁与度？月移孤影，荣光门户。但盼春深处。　　翻飞紫燕朝和暮，红叶题诗赋千句。试问情思都几许？一波横水，向东消逝，曾记风兼雨。

诉衷情令 · 雪地抒怀

寒风吹雪染山头，远去是深秋。云飞恰似花絮，听雁惹乡愁。　　情几许，志难酬，怨光流。愿春来早，草木欣欣，绿韵悠悠。

苏幕遮 · 记广东海洋大学

啃书山，心似铁。交椅山前，碧绿层层叠。沧海蓝天云絮洁。学子莘莘，琅琅书声悦。　　好园丁，耕不辍。桃李芬芳，刺股开新页。风雨几经同沥血。培育年年，造就千千杰。

望江南 · 高考

临高考，汗湿笔千斤。望子成龙心切切，寒窗多载意殷殷，卷上力耕耘。

定风波·闰九登高

拾级登峰喜气扬，清风气爽菊花香。遥望鹰飞平野阔，云洁，迷人景色动诗肠。　　白练悬山长不撒，如雪。层林着意绣红妆。忽听笛声传数阅，欢悦，一年两度遇重阳。

清平乐·同学集会

春风荡绿，万里霞光浴。回顾当年耕与读，可感师尊苦育。　　秋闱鏖战争强，蟾宫折桂腾芳。今日同堂共聚，明天再创辉煌。

咏物言情

咏盆松

东方旭日正融融，碧绿盆中欲染红。
千叶层层争挺秀，诗情画意豁心胸。

咏　猴

森林峻岭勇攀登，百样功夫百样能。
露宿风餐朝与暮，只缘富贵两无凭。

咏甘蔗

迎风招展沐朝阳，绿带飘柔巧扮装。
最是钟情甜蜜蜜，亲亲吮我润心肠。

咏红树林

树云相拥绿婆娑，海韵悠然鹭鸟歌。
立扎滩涂如卫士，风狂浪恶奈其何。

咏　酒

涩辣又醇香，诸君任品尝。
人生难一醉，更是慰心肠。

题老树

历尽沧桑志不移，心肝掏尽有谁知？
根深大地添新韵，绿叶婆娑总是诗。

咏风筝

一线扶持上碧空，乘风摇曳乐无穷。
先天之毒皆能御，笑傲安然表寸衷。

咏爆竹花

串串花开向艳阳，红红火火遍城乡。
名为爆竹无声响，一任旁人论短长。

咏紫藤花

习习春风送绿来，青枝藤蔓上楼台。
紫云缭绕清香播，只为伊人默默开。

咏海边仙人掌

默默一生存浩气，天天护土不辞辛。
狂风恶浪何曾惧，只为常青坚韧身。

题稻穗

一年两度播花香，敢对寒天笑烈阳。
为感农恩躬首谢，修身圆满进粮仓。

画　竹

拈毫画竹感偏多，待且寻思哪路过？
曾在家乡门口见，临风挺拔舞婆娑。

携 尺

心携直尺走诸方，岁月沧桑几度忙。
为度己身长与短，别人长短有人量。

咏牡丹

群芳艳压自风流，万种风情韵事悠。
引惹诗人无限意，天香国色誉神州。

赏二中木棉花

春来暖暖沐东风，花放黉门别样红。
暴雨狂风全不惧，莘莘学子仰英雄。

咏 竹

才露尖尖角，而能不近邪。

湘妃流泪染，苏子着文嘉。

只长青青叶，无开灼灼花。

虚心常坦荡，正直在吾家。

咏玉兔

灵丹偷得化神奇，被困寒宫冷自知。

为啥长嗟常捣药，多情几许为谁痴？

眼儿媚·咏梨花

妆雅清香倚东风，带雨伴芳丛。海棠含露，
梨花如雪，何故飘逢。　　春来三月横波碧，烟
雾锁苍穹。相思一寸，柔情似梦，试问谁同？

如梦令·绣梅花

纤指轻飞针线，疏影横斜随现。又想暗香时，花蕊斓明艳。如见，如见，傲雪芳魂深眷。

卜算子·咏荷

镜水展青裙，偶遇狂风啸。摇曳腰肢分外娇，总向朝阳笑。　　昂首立清波，犹带尖尖角，出自淤泥不染尘，喜有清香绕。

忆江南·咏梅

凌霜雪，玉立傲严冬。疏影横斜香暗送，雅妆款款意从容，一笑百花丛。

缅怀衷情

纪念父亲诞辰百周年诗（八首）

（一）

严亲平素喜诗歌，乐与骚人共切磋。

翰苑留踪骑鹤去，寸心常念泪滂沱。

（二）

无情岁月逝如梭，十载寒窗转眼过。

义教倾心兴梓里，路之修远又如何。

（三）

茫茫学海总无垠，继晷焚膏忘苦辛。

最是砚田耕不辍，情痴坟典不沾尘。

（四）

白云苍狗影纷纷，风雨飘摇又一春。

枵腹为师谁晓得，素怀文翰振精神。

（五）

雪压松枝几度低，一朝日出破云霓。

关山万里崎岖路，耳际风声策马蹄。

（六）

填海移山志不移，艰难岁月也撑持。

当年严父勤耕读，树立标杆是我师。

（七）

荏苒光阴秋复秋，风霜染白少年头。

苍冥若赐二天德，严父音容可再浮。

（八）

今岁先严已百春，当年舐犊最情真。

精神财富方为富，袜线芜词索和频。

怀 父

愁肠百结忆悠悠，严父仙游已数秋。
今日重阳佳节至，遗诗展读誉彰留。

重阳怀父

重阳节届菊花黄，每忆严亲倍感伤。
句句声声皆入耳，遗诗再读见衷肠。

读父诗感怀

岁月艰难路漫长，不堪回首诉衷肠。
严亲耕砚育儿女，暮岁题诗更激扬。
海晏河清歌国泰，年丰物阜颂时康。
中华崛起声威振，锦绣山河放眼量。

缅怀母亲

天涯游子寄哀思，未报深恩甚感悲。
子欲养而亲不待，如今悔恨孝行迟。

祭　母

家贫几度断炊烟，背女携儿下瘦田。
负米养亲亲不在，三牲和泪祭坟前。

悼婆婆

饱历沧桑九二秋，勤劳俭朴范模留。
儿孙尽孝终难挽，跪哭千声泪不收。

悼陈王弟

惊闻噩耗君仙逝，感念徒生泪满腮。
解困关民扶梓里，清风两袖众宗推。

悼念原社长邓诗翁

风雨凄凄泣晚秋，文坛折柱动天愁。
君今驾鹤西游去，约我严亲继唱酬。

忆严亲抚琴

忆起严亲醉抚琴，行云流水指间音。
悠悠往事浮生记，未报亲恩泪湿襟。

悼何泽华吟长

传来噩耗倍心伤，此去追寻李杜章。
望重才高培后学，传承国粹誉南疆。

悼念秀秋诗翁

久历风尘苦乐年，校园洒汗育苗鲜。
诗翁骑鹤随先哲，德范留芳启后贤。

缅怀陈寿东校长

愚生追梦遇师贤，笑貌如今现眼前。
驰誉教坛堪一杰，俚词难表意情牵。

缅怀傅中兴校长

精心授业铸师魂，桃李芬芳见叶繁。
接力弘扬遵教导，心香一瓣报深恩。

悼师母

传来噩耗泪滂沱，笑貌音容脑海过。
执教生涯终不悔，师魂铸就众同歌。

悼陈臻同志

家国情怀责在肩，初心不改忘流年。
惊闻驾鹤随先哲，德范长留启后贤。

读《红楼梦》吟林黛玉

身如弱柳病多磨，腹有诗书叹奈何。
虽有心仪终寂寞，香魂早葬泣悲歌。

采桑子·念双亲

窗前原有芭蕉树，高荫中庭，高荫中庭，食果乘凉，恩惠岂忘情。　　悲思最是三更雨，滴滴传声，滴滴传声，怀念严慈，怎忍静心听！

如梦令·长兄浪迹

庭院深深苔滑，陵水万宁匆客。立志走天涯，直闯吊罗山下。山下，山下，不悔青春狼藉。

阑干万里心·忆长兄

　　清明时节雨泠泠，芳草萋萋忆长兄，泪湿衣襟手足情。起三更，雨打芭蕉伴泣声。

四海吟情

蓬山诗会十周年庆

蓬山绿水绕奇峰，墨客骚人意趣浓。

踊跃吟诗情款款，党群鱼水两欢融。

蓬山诗会抒怀三首

（一）

蓬山胜景引仙来，青石铺开作韵台。

雅客吟诗千万句，长征种子在心栽。

（二）

冒寒追韵雅乡来，石似镜台缘客开。

即席吟诗千万句，长征浩气把人催。

（三）

一花引出百花开，接力诗潮滚滚来。

投石冲天掀活水，联珠缀玉献瑶台。

贺岭南诗社成立三十周年

社逢三秩日中天，习习文风四海传。
旗帜鲜明时共进，承传国粹谱新篇。

贺溪遂诗社成立三十周年

春秋三秩谱佳篇，宋韵唐风播椹川。
喜见坡仙留砚处，诗声袅袅入云天。

贺《李汉文诗文集》付梓

鉴水茫茫滚滚来，长滋灵地育人才。
弘扬国粹倾心血，雅韵佳篇着意裁。

聆听林举文诗友学诗体会

清风送我踏歌来，侧耳聆听塞顿开。
国粹弘扬诗意满，芳心又醉见高才。

乙未重阳诗会

轻盈步履入南庄，与友同歌喜气洋。
千里有缘来聚会，邀杯美酒煮诗香。

吴川诗会

鉴水悠悠意韵长，中华国粹永弘扬。
为荣桑梓开文苑，绽放诗花翰墨香。

咏岭南诗社湛江诗会

初升旭日吐朝霞，美丽滨城迓百家。
喜见吟翁争唱和，诗潮澎湃漫南华。

吴成岱诗词研讨会

乡音袅袅踏春来，侧耳聆听悟顿开。
一卷新诗情款款，骚坛今又见高才。

梅花诗会

梅岭苍苍鉴水长，中华国粹永弘扬。
诗翁踊跃争吟唱，绽放奇葩翰墨香。

贺二中诗社成立

弘扬国粹设瑶台，笔荡诗潮滚滚来。
拾级登峰相步韵，簧门叠翠百花开。

赞湛江市老干大学诗词班老师

心怀讲义挑灯写，宋韵唐风琢不休。
石岭劈开荆棘路，花枝沐雨赋春秋。

贺南三书法家协会成立

（一）

闪烁灯光照砚台，群英千里踏歌来。
情深款款怀乡梓，妙笔丹青着手裁。

（二）

鹭洲岛上设文台，墨客葵倾逐梦来。
书卷多情心内蕴，毫尖着纸作笺裁。

萧海声诗翁回访南三岛

秋光闪烁泛波涛，大海情怀比浪高。
澎湃诗心传国粹，知音笔下起风骚。

贺恩师《龙文诗词选》付梓

耕耘默默苦多尝，桃李满园名远扬。
宋雨唐风心内蕴，华章一卷意深长。

会 友

轻风送我过南桥，闪烁街灯夜色饶。

结友随缘忘字辈，倾情泼墨涌诗潮。

清茶一盏流心韵，美酒三杯醉脸娇。

知己相逢无限意，绿丰楼里共逍遥。

赠别诗友萧瑶

惜别依依泪眼蒙，灵犀一点自相通。

千山渺渺情谊厚，万水悠悠爱意浓。

浊酒千杯知莫遣，清词一首咏相融。

洛阳纸贵难酬和，盼望重逢是哪冬？

贺志业诗翁诗词集付梓

诗翁琢句著华章，几许辛勤溢汗香。

即席赓吟情未了，诗心一颗意深长。

贺存伟诗翁《蓬山小草续集》付梓

蓬山小草见芳华，溢彩流金入万家。
续卷云章赓雅韵，诗人痴学醉红霞。

贺梁敏老师《尘海微吟》付梓

豪吟尘海意情长，书卷清风万里香。
几许相思何处寄，诗心结集待君藏。

贺湛江二中诗社挂牌

莺歌燕语百花开，牌挂黉门墨客来。
起步征程频逐梦，娥成诗句雅瑶台。

参观三市老干部画展

日出东方万里晴，清风一路踏歌行。
白练飞流飘玉韵，百川入海起涛声。
高枝栖鸟声声脆，大地回春处处荣。
健笔生辉龙凤舞，青山绿水总关情。

中镇诗社成立十五周年

十五年前似梦游，曾将诗句结风流。
足荣村里吟声远，雅苑门前笑语柔。
俗世尘缘何切切，春花秋月两悠悠。
霍山隆誉驰天下，滚滚诗潮涌九州。

贺萧吟长《笑对人生》诗集付梓

笑对人生处处春，弘扬国粹见精神。
华章一卷存心韵，字字珠玑立意真。

诗书画印一家亲

诗书画印竞登场，老少师生弄墨忙。
刻石精雕寻古韵，清风正气永弘扬。

鹭岛诗潮

十天韵律纪情深，妙句推敲动雅吟。
杰作佳篇铺满地，如潮涌起动诗心。

鹭洲诗岛新春颂

浩浩诗风逐浪张，吟声朗朗句铿锵。
深情常系民生事，瀚海飞舟向远航。

一天一韵纪情深

一天一韵纪情深，琢句成诗细细吟。
百感悠然三十韵，情天不老永春心。

鹧鸪天 · 赠诗友萧瑶

皖粤来回两地牵，荷风摇曳叶田田。曾尝美酒香无限，遥寄清词意万千。　　寻雅句，结诗缘。声声心语过云边。弘扬国粹痴情在，流水高山赋美篇。

诉衷情令 · 献给湛江诗社三十华诞

弘扬国粹众筹谋，佳句颂神州。如今艺苑新貌，百卉竞风流。　　营意美，遣词优，上层楼。承传国粹，勇弄潮头，光耀千秋。

鹧鸪天 · 韵和李无言《鹭洲岛上会萧瑶》

旭日初升紫气浮，诚邀吟咏值金秋。篱边菊放千般艳，雁阵云横万里游。　　诗万首，酒千瓯。红尘漫卷不言愁。今朝琐事难相见，他日花开聚鹭洲。

临江仙·拜访萧诗翁

夏日来风揉鉴水，轻车慢过平林。萧翁设宴酒频斟。推诚犹置腹，义重更情深。　　昨日花城邀雅聚，今逢裕达轻吟。清词一阕表衷心。红尘何浩渺，转角遇知音。

鹧鸪天·南三诗社己亥春会

万丈霞光映碧天，百花争放拥楼前。乡贤齐议更新策，诗友同商改革言。　　培学子，种诗田。齐心协力意情绵。传承国粹千秋计，一片丹心著锦篇。

鹧鸪天·遂溪作家村芳流墩观感

风拂初冬淡雅妆，霞光万里化寒霜。芳流墩上诗声远，太极湖中碧水长。　　儿孝顺，母慈祥。洪家兄弟美名扬。思维敏捷文泉涌，笃志前行谱锦章。

贺莫翁延昌贤孙上大学

积善之家余庆多，贤孙今日喜登科。
毫端不负凌云志，赓续华章墨正磨。

赞米粘坡冯爵荣博士

鹭岛生辉耀碧波，米粘地杰秀才多。
成针铁杵千磨炼，出彩星光一曲歌。

赞国联李忠董事长

勇出乡关创业忙，昂扬斗志铸辉煌。
才高智睿谋篇远，面向全球自奋强。

赞李华盛会长

乘风改革沐朝阳，思想超前事业昌。
叶茂枝繁根蒂固，江山打造万年长。

赞何老诗词续集付梓

荷华绽放气清香，驰誉诗坛名远扬。
激浊扬清歌善美，又成雅集韵悠长。

贺冯日志主席令郎新婚宴尔

良缘喜结最情长，立业成家意志强。
琴韵谱成同梦语，夫妻恩爱德馨扬。

诗意湛江

诗书做伴墨留香，意蕴幽深炼句忙。
湛海寻珠情未减，江清月白韵悠长。

龙头莫氏大宗庆典

锣鼓咚咚响彻天，名村莫氏溯前源。
传承家训儿孙孝，祖德留芳万万年。

莫村赞

绿波掩映一名村，世代儿孙富道奔。
人杰地灵开远景，引来骚客动吟魂。

赞女航天员刘洋

日出东方霞万里，一朝惊艳半边天。
英雄巾帼多奇志，谱写航天第一篇。

赞傅天兴吟长

正值稀龄添一秋，风云叱咤雪侵头。
灵犀一点文潮涌，锦绣才华壮志酬。

教师颂

师恩如海记心头，蜡炬成灰作愿酬。
三尺讲台甘奉献，呕心沥血写春秋。

庆祝"三八"妇女节

戊戌初春紫气扬，和风暖暖百花香。
半边天地开新叶，一展芳颜沐艳阳。

贺黄老师九十华诞

桃李芬芳耀昊空，耄龄两袖纳清风。
虔虔拱手同恭祝，长寿安康似劲松。

贺叶亚福古稀华诞

去年拜访值中秋，健步轻登百尺楼。
仁者多情人未老，悠悠碧海任行舟。

赠王一彪

家仇国恨记当年，浴血沙场奏凯旋。
正直廉明名远播，扬清激浊壮云天。

颂老干部诗词班老师

讲义挑灯写，求精琢不休。
一心传国粹，岂惧雪侵头。

海大外院成立十周年庆

外院建成今十年，排头引领劲冲天。
师生业绩多风采，辈出人才代代贤。

颂陈兰彬先生

越洋出使路艰难，跋涉崎岖只等闲。
为国尽忠担重任，不辞劳苦探金山。

颂陈兰彬先生

忠心耿耿报中华，献出良谋建国家。
不愿同流行弊政，陈公德露荡尘沙。

东坡砚墨香

东坡二进乐民乡，荔熟枝头艳众芳。
款款深情迎贵客，双村汉砚墨流香。

纪念屈原

门悬艾叶满庭香，万户千家裹粽忙。
一卷离骚今古诵，汨罗江水永留芳。

木兰从军二首

（一）

三更当户织声残，万里从征不畏难。
谁识军中巾帼志，归来凯奏髻高蟠。

（二）

未把战烟平，一朝大点兵。

军中身代父，阵上力擎旌。

玉手挥鞭急，纤腰走马轻。

报亲兼报国，千古树威名。

杜甫吟

感时抚事诗成史，语不惊人誓不休。

老病贫寒身并受，流离颠沛愿难酬。

深情款款怜民苦，浩气拳拳担国忧。

圣者之风人赞颂，光辉翰墨永传留。

苏幕遮·湛江二中

越关山，心似铁，上善亭前，碧绿层层叠。正义桥头云絮洁。学子荟萃，琅琅书声悦。　好园丁，耕不辍。桃李芬芳，奋发开新页。风雨百年同沥血，习习春风，造就千千杰。

临江仙·国联董事长李忠追梦

静听春雷兼细雨，微风轻伴心声。小楼转角闪灯明。出头凭智勇，好汉夹缝生。　　三十余年追一梦，五更垂下帘旌。零关税事看新晴。历经多少事？商海任纵横。

鹧鸪天·咏英雄陈庆桃先生

初出曙光遍地红，燎原星火耀苍穹。高歌翠岭花儿灿，含笑青山果硕丰。　　追梦想，践初衷。拒船头税是为公。魂牵事业忠于党。不朽精神百世功。

绮梦柔情

惜　别

人生最苦是离群，世事如棋合亦分。
回首同舟风雨过，于无声处倍思君。

无　题

天涯惜别几经年，渐见银霜染鬓边。
一点夕阳红似火，相思寄雁写遥天。

相　依

几经风雨度春秋，柴米油盐共挂忧。
恰似潜龙潭内水，依依相聚到皤头。

芳　心

和暖春风绿万株，白云深处有欢愉。
人生得一知音足，不变芳心任海枯。

柳堤飘絮

重返西溪水向东，东堤碧柳沐和风。
风吹漫絮飘如梦，梦里柔情有几重。

高山流水吟

无奈风霜雨雪侵，春秋几度觅寻寻。
多情只为知君意，一寸相思对月吟。

寄　月

欣逢佳节是中秋，倚望一轮圆镜浮。
点点情思偷托月，与星交映照心头。

相　思

瑟瑟秋风起，遥看塞雁飞。
蟾光千里外，何处寄相思。

秋　思

黄叶纷纷落，凄清玉镜浮。

严慈皆远去，谁与解心愁。

秋　夜

异地过中秋，寒宵月影浮。

夜阑思绪乱，把酒解乡愁。

牵　手

惜缘漫步沐春光，细诉红尘百结肠。

莫让华年随逝水，相依挽手任天荒。

无　题

箫声凄婉不堪听，更有街灯烁不停。

惹起乡愁谁与诉？宵中寒映一天星。

浣溪沙

千里相思月满空，凭栏远眺意无穷。如烟往事水流东。　　诗寄千般随雁信，琴挑一曲忆君容，几回魂梦几情浓。

虞美人

窗前雀噪天将曙，梦醒牵情处。夜来思绪月朦胧，往事不堪回首步匆匆。　　红尘漫漫初心在，笑对朱颜改。青山依旧不言愁，寻觅诗词歌赋写春秋。

鹧鸪天·寻觅

斗转星移岁月稠，寻诗觅韵写春秋。红尘最是情堪记，绿绮犹知爱未酬。　　山渺渺，水悠悠。攀缘欲度不言愁。匆匆步履天涯路，一片冰心岂肯休。

诉衷情令·梅月阁同题

相思一寸两心知，故事已成诗。轻风泛起心韵，半夜赋清词。　　情缕缕，月依依，候佳期。恋今生爱，恋你襟怀，恋你亲时。

诉衷情令·红豆

梦生南国发新枝，捻弄几情痴。伊人采撷赠予，故事已成诗。　　风瑟瑟，雨丝丝，恨今时。夜深人静，缕缕相思，心事谁知？

乌夜啼·无言

深深雨巷重逢，泪朦胧。曾记当年耕海，共东风。　　思绪乱，情难断，意无穷。默默相看尽在，不言中。

诉衷情令 · 寄怀

风轻云淡月如钩，深院锁清秋。几多往事追忆。挥笔解心愁。　　情切切，惜光流，思悠悠。意藏枝里，寄予春风，君可知不？

采桑子 · 惜别

依依不舍思君意，欲去还留，欲去还留，雨巷深深怎诉愁？　　蓦然回首凭栏处，铭刻心头，铭刻心头，多少沧桑春与秋。

长相思

雨丝丝，柳丝丝。临别长堤相傍依，频频花絮飞。　　日思思，夜思思，紧锁眉峰心欲痴，佳期未定时。

江南春·情在烟雨中

芳草远，柳枝浓。桃花红映水，枝叶绿梳风。燕穿莺唱山如黛，情意绵绵烟雨中。

如梦令·愁绪

绿叶蔓藤云路，月影纷飞何处，云湿压沉沉，梦里情深几许。愁绪，愁绪，但愿随风吹去。

忆江南·红豆

南国豆，采撷意悠悠。素手纤纤轻捻弄，相看盈泪诉离愁。寄望在深秋。

如梦令·织女

一夜秋风花瘦，停抒心眉双皱。惜别泣声声，七夕鹊桥相候。厮守，厮守，但愿与君长久。

西江月·怀远

拾级崎岖山路，危楼独自凭栏。冰天雪地等闲看，傲骨芳魂是愿。　　河水一源流远，泰山万仞遥观。鱼儿得水两相欢，矢志前行自勉。

清平乐·倾诉

深秋几度，漫步人生路。多少沧桑多少悟，拨动心弦倾诉。　　浩浩江水东流，登高望远悠悠。应惜清山娟秀，韶光岂可回头。

巫山一段云·梦魂牵

昨夜依稀见，星星闪烁天。浮云淡淡伴轻烟，折柳断桥边。　　昔日钟情处，如今草色鲜。青山如黛意缠绵，原是梦魂牵。

千钟醉·此情谁知味

一钟醉，深沉夜色星如坠，闪烁街灯叶似垂。依人小鸟，柔情似水。此情谁知味？

二钟醉，巫山柏树千层翠，云雨雎鸠浅水湄。长亭折柳，欲留还别。此情谁知味？

三钟醉，清风一缕花花懿，浅底鱼翔尾尾随。之子于归，白头执手。此情谁知味？

四钟醉，天山远隔何如寄，微信诗书以予回。相思一种，闲愁两地。此情谁知味？

五钟醉，木瓜蔓草情欣慰，游子他乡柳絮披。金风玉露，芭蕉窗外。此情谁知味？

六钟醉，还魂梦里知人慧，柳梦丽娘听子

规。魂牵生死，心灵深处。此情谁知味？

七钟醉，轻抚斑竹情人泪，江雾苍茫苦水悲。南柯一梦，斯人远去。此情谁知味？

八钟醉，从戎代父见妩媚，万里关山度若飞。沙场壮士，名垂千古。此情谁知味？

九钟醉，三更夜静短灯对，伏案窗前影月陪。书中觅意，梦溪笔韵。此情谁知味？

十钟醉，举杯对月芳心碎，断桥岸边诉别离。纤云弄巧，飞星传恨。此情谁知味？

百钟醉，柔情蜜意堆如砌，岁月峥嵘梦若棋。蓦然回首，阑珊灯火。此情谁知味？

千钟醉，千秋岁引温情系，八声甘州戚氏维。湘春夜月，长亭怨慢。此情谁知味？

诗情像弯弯的小溪

诗是最美丽最精练的语言组合体，诗是文学天空中的闪烁星辰。诗情像春天温暖了大地和人类的灵魂。我曾经梦想过，当诗情像桃花一样盛开在美丽的湖边时，那些折枝的人群里有自己的身影。

记得，小时候，父亲每天夜里在小煤油灯下，教我读书写字。每当吃饭的时候，就能听到父亲的吟诗声，还有他那"东、董、冻、督"的启蒙声调，那动听的声音便开始萦绕在我幼小的心灵里。

父亲在艰难的岁月里，仍坚持写诗，他的诗

作使我得以启蒙。1997年正月二十三日，那天是我父亲八十寿辰，我送给父亲贺诗并叫他改，父亲看着笑了笑，说："满山都是石，无法下锄头！"当时，我领会了父亲的意思，就乖乖地去招待客人了。宴会前，父亲准备了八十大寿自述征诗稿，发给前来贺寿的诗友，大家当堂唱和，屋里洋溢着诗情画意。父亲对诗词的痴迷，一直影响着我，他那抑扬顿挫的吟诗声长久萦绕在我的脑际，诗情就这样根植在我的心中。

岁月匆匆，正当我享受着父爱时，1999年，父亲突然离开了我们。那时我很悲伤，我多么想用诗歌表达我失去父爱的悲痛，然而，我不懂平仄格律，不懂写诗，心里很难过。有一天，我的老师打来电话叫我写诗，我因为不懂诗的格律，所以就胡乱写了一首给他修改，后来又有很长时间不写，我的老师又来电话："金妹，你不是写了一首诗就不写了吧？你学诗有点懒，你爸是诗人，在那艰苦的环境里都能写出那么多诗，你要勤些学诗，好好地传承啊！"听了老师的话，我很惭愧，想推说没时间，但又找不到借口，不学不行。2012年9月，经谭龙文老师介绍，我参加市老干部大学诗词研修班学习。为了打好基础，后来又参加基础诗词班学习。刚开始学作诗的时候，连平仄都不懂，要想写出好诗来，就像李白说的"蜀道难，难于上青天"，我感到作诗实在是太难太难，真的想放弃。有时我累了就找借口，跑到广州等地逃避，不想参加学习。这个时候老父亲在病榻上学习的情景就浮在眼前，还有耄耋之年的黄温英老师给我们上课的情景又历历在目，我终于回来硬着头皮又参加诗词班学习。

要进入诗词知识的殿堂，首先要从诗词的基础知识学起。开始学习时感觉很茫然，为了弄懂关于诗词韵律的入门，我逢人就请教。记得有一次，我和黄老师等诗友去赤坎开诗会，在车上，我就问黄老师："老师，如何知道字的平仄音？"他说："就拿你的姓名说吧，庞字的声音拉得长是平音，金字的声音也拉得长是平音，妹字声音拉得长吗？"我说："妹字声音短促，拉不长是仄声。"他说:"对!"就这样我经过反复练习,认真听老师上课,基本掌握一些诗词的基本知识。

刻苦和坚持是成功的秘诀。当我有了这些法宝,我就认真完成老师布置的作业。有时我一边做饭,一边写诗。有一次,我写着写着入迷了,忘记了厨房还煮着汤,当闻到了焦味,跑到厨房打开锅盖一看,啊,汤锅干了!哈哈,我想今天没有汤喝也没关系,诗情就在我的心窝里。有时,在静谧的夜里躺在床上,当灵感来了,便轻轻地爬起来,把所想到的写出来。平时,做到仔细观察周围的事物,营造诗的意境,多看古诗词,多思考多练习。每当我作出一首诗就交给老师,老师也不厌其烦地认真批改。我在学习过程中,得到了老师的鼓励,同时,我也接受老师的批评,更加用心写诗。渐渐地我就试着写诗填词,以之记录生活的点滴,抒发感情。每当写景的时候,记住十二个字:"诗中有景,景中有人,人中有情。"同时,还要在心里就想象这首诗的景象，考虑是以景起兴开头，还是用事白描开头，表达什么样的感情。经过构思后，就拿出工具书，按照格律来写。有一次，我参加了吴川梅花诗会，写了一首《梅岭诗会》以记之："梅岭苍苍鉴水长，中华国粹永弘扬。诗翁踊跃争吟唱，绽放奇葩翰墨香。"后来，我就当作业交了，黄老师做了点评，这首诗在修辞技法上第一句摹色，第四句是用比喻，写虚，使全诗灵动不板滞。老师的点评又使我得到了新的启发。

又有一次，我在番禺度假，诗友告诉我，老师布置作业，要填一首词。那正是春天，烟雨蒙蒙，特别是番禺祈福新村，三面环山，中间是一个很大的天鹅湖，周边的树木葱茏，其中也有翠竹和垂柳，游人如织游意绵绵，我就把这景象写出来，就有了《江南春·情在烟雨中》："芳草远，柳枝浓。桃花红映水，枝叶绿梳风。燕穿莺唱山如黛，情意绵绵烟雨中。"这首词曾获"伟人颂·中国梦"一等奖，入选《伟人颂·中国梦（全国诗文书画作品大典）》；2014年9月入选东坡赤壁诗社《新田园词三百首》，同年入选《江山多娇（中华旅游诗选第四卷）》。几年来，我很珍惜在诗词班里学习的机会，现在越来越爱写诗了。有时，当我创作出一首诗，或者写出了满意的句子，会自己笑，自己鼓起掌来。诗歌像烈酒一样，让我陶醉，让我燃烧起激情的火焰。

2017年，严亲百岁冥诞，我成诗八首并索和，联珠累玉，编著《纪念父亲诞辰百周年唱酬诗集》，作为纪念，以表哀思。

近几年，岭南诗社几次约本人诗词编成个人专辑发表。

十年来，我坚持习诗研词，创作诗词作品多首，大部分在各级报刊发表。

诗梦氤氲，她就像一条弯弯的小溪在流淌……

2023 年 4 月 23 日

后 记

我从小听父亲吟诗声长大，对古诗词有浓厚兴趣。但工作期间没有时间及心情研习。前些年在湛江市老干部大学学习，这其间得到诗词名师黄温英、谭龙文、曹瑞宗、吴景晖、冯文铸等的悉心教导。其后累积创作诗词多首，大部分诗词在各级刊物发表，也有些侥幸获奖，现从这些习作中选一部分结集成《金梅情韵》付梓。

此书在编辑过程中，得到家人的鼓励及大力支持。成书过程中，承蒙有关领导及诗友的支持鼓励，南三诗社原秘书长李志勇先生审核书稿并给予具体指导，湛江诗社常务副社长兼坡头作协主席郑晓晖先生校对，湛江诗社原常务副社长兼《湛海诗词》主编谭龙文先生又做了最后把关。书法家陈俭先生为本书封面题字。广东岭南诗社副社长、湛江诗社社长，湛江市政府原副秘书长，市政府驻广州办事处党组书记、主任，湛江市政府经济技术协作办公室党组书记、主任陈章智先生在百忙中为此书作序。

我借此机会，谨致由衷谢忱！

2023 年 5 月 6 日